KB264342

우프의 마법사
W.O.O. THE WIZARD OF OP
눈으로 마법을 맛보는 이야기
내가 너에게 우글리 부글리 마법을 걸어 줄 테다
에드워드 맥클리건 글·그림 이욱영 옮김

글·그림 에드 엠벌리(Ed Emberley)

에드워드 랜돌프 엠벌리(Edward Randolph Emberley)는 미국에서 태어나 그림과 디자인을 공부했어요. 광학적 착시 효과를 이용한 옵티컬 시리즈(optical series)로 잘 알려져 있지요. 엠벌리는 펜, 잉크, 연필, 목판화까지 다양하고 독특한 작품 세계를 보여 주고 있어요. 엠벌리가 그린 어린이를 위한 그림 지도책은 전 세계에서 미술 교과서처럼 사용해요. 〈북치는 병사 Drummer Hoff〉는 1968년에 칼데콧 메달(Caldecott Medal)과 루이스 캐롤(Lewis Carrol) 도서 상을 수상했어요.

옮김 이명옥

저는 시간을 뒤로 먹는 사람이에요. 시간은 앞뒤가 없죠. 타임머신을 타고 시간을 뒷걸음치면 어린이가 되죠. 지금은 《오마이뉴스》 기자 일도 하고, 라디오 21 〈이명옥의 문화광장〉 진행도 하며 신 나게 살죠. 시간을 뒤로 먹으니 할 일도 많고 즐거운 일도 퍽 많아요. 무엇보다 어린이를 만나는 게 가장 기분 좋죠.

오프의 마법사 W.O.O. THE WIZARD OF OP | 눈으로 마법을 맛보는 이야기

초판 1쇄 펴냄 | 2010년 1월 25일

글·그림 | 에드 엠벌리
옮긴이 | 이명옥
펴낸이 | 정낙묵
디자인 | 드림스타트
펴낸 곳 | 도서출판 고인돌
주소 | 서울특별시 마포구 합정동 373-4 성지빌딩 7층 714호 우편번호 121-884
전화 | (02) 338 – 4953
전송 | (02) 338 – 4954
전자우편 | goindol08@hanmail.net
인쇄 | 갑우문화사
출판등록 | 제 406-2008-000009호

THE WIZARD OF OP by Ed Emberley
This Korean edition was published by GOINDOL Publishing Co. in 2009 by arrangement with Little, Brown and Company, New York, USA through KCC(Korea Copyright Center Inc.), Seoul.

값 9,500원
ISBN 978-89-961115-6-6 77800

잠깐 귀 좀 대 봐!

이 책은 판판한 흰 종이에
검정 잉크로 인쇄되었어요.
여러분이 마법에서 보게 될
그림자, 빛, 색깔과
움직임들은 모두 머릿속에서
만들어 낸 것이랍니다.

W.O.O. 마법사

옛날 옛적,
마법이
진짜로 있었을 적
이야기야.

왕자가 마당에
놀러 나왔지.

마녀는
마법을
걸었어.

그래서 왕자는 개구리로 변했지

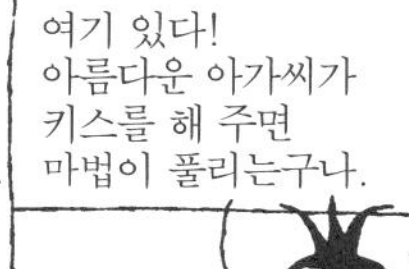

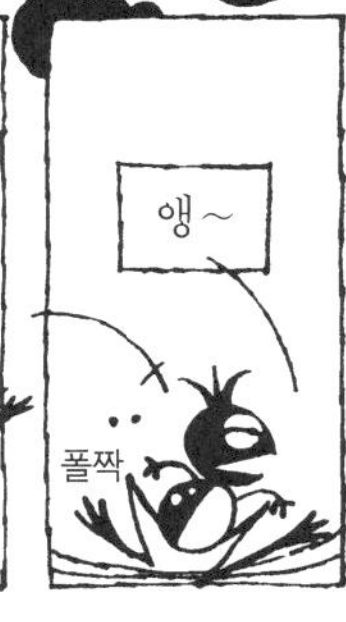

왕자는
여차저차
이야기를
풀어 놨어.

왕자는
아름다운
아가씨의
키스를
받았지.

하지만

아무 일도
일어나지
않았어.

왕자는 그것들을 모두 했어.
꿀꺽꿀꺽!
피유 우~!!!
딩동 따락
딩동 따락
뿌우
휴우!
하지만
아무 일도 일어나지 않았어!
이건 재앙이야~!
이제 남은 건 딱 한 가지뿐이야!
오프(시각·광학)의 마법
왕궁 개구리 연못
짹짹 ♪
오프(시각·광학)의 마법
왕궁 개구리 연못
!
또 다른 마법인가?
마법
개구리에서 벗어날
오프의
기회가 있다니 다행이야!
무늬
마법
무늬?
알쏭달쏭 어슴프레한 무늬
어슴프레?
알쏭달쏭 무늬? 온통 까만 정사각형만 보이는데!
짹짹~
!
힌트-
끈기 있게 쳐다보면 하얀 선이 엇갈린 데서 알쏭달쏭 어슴프레한 무늬가 나타남.
W.O.O. 마법사
아하! 이제 보이네!
무늬가 나타날 때마다
건너뛰지 말고
길을 따라 가세요.
그러면
전문가가 보장 합니다.
당신에게
큰 만족을 드립니다.
W.O.O. 마법사
하지만 그건 불가능해!
드립니다.
W.O.O. 마법사
무늬가 길을 막고 있는 게 다 보이는걸.
통로들
어떻게 마법사한테 간다지?
짹짹~
힌트-
전체를 보면 많이 보이지만 하나만 보면 사리짐
W.O.O. 마법사
하나만 보라고? 오, 알았다!
하나만 뚫어지게 쳐다봤더니 무늬가 사라져 버렸어!

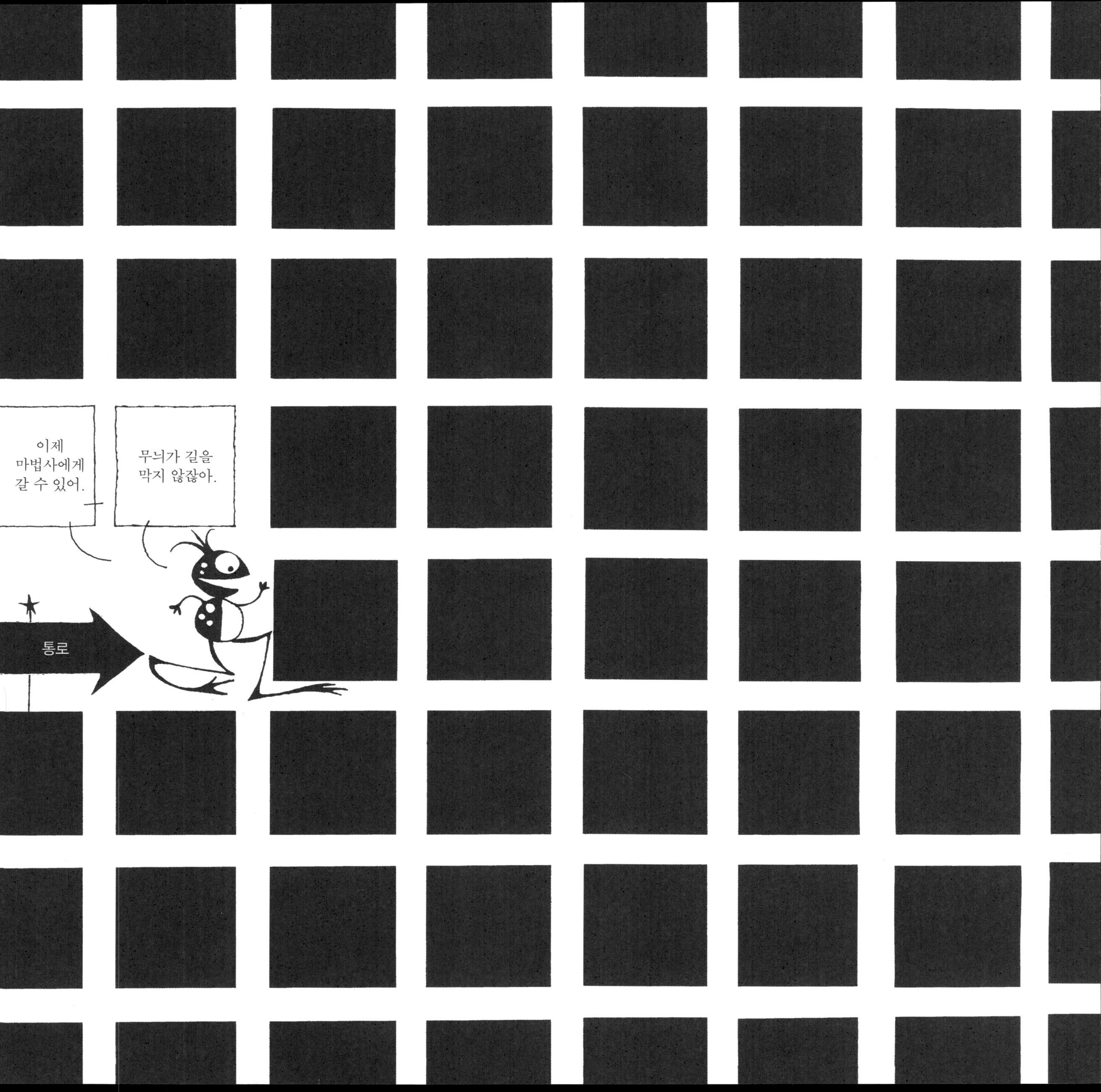
이제
마법사에게
갈 수 있어.
무늬가 길을
막지 않잖아.
통로

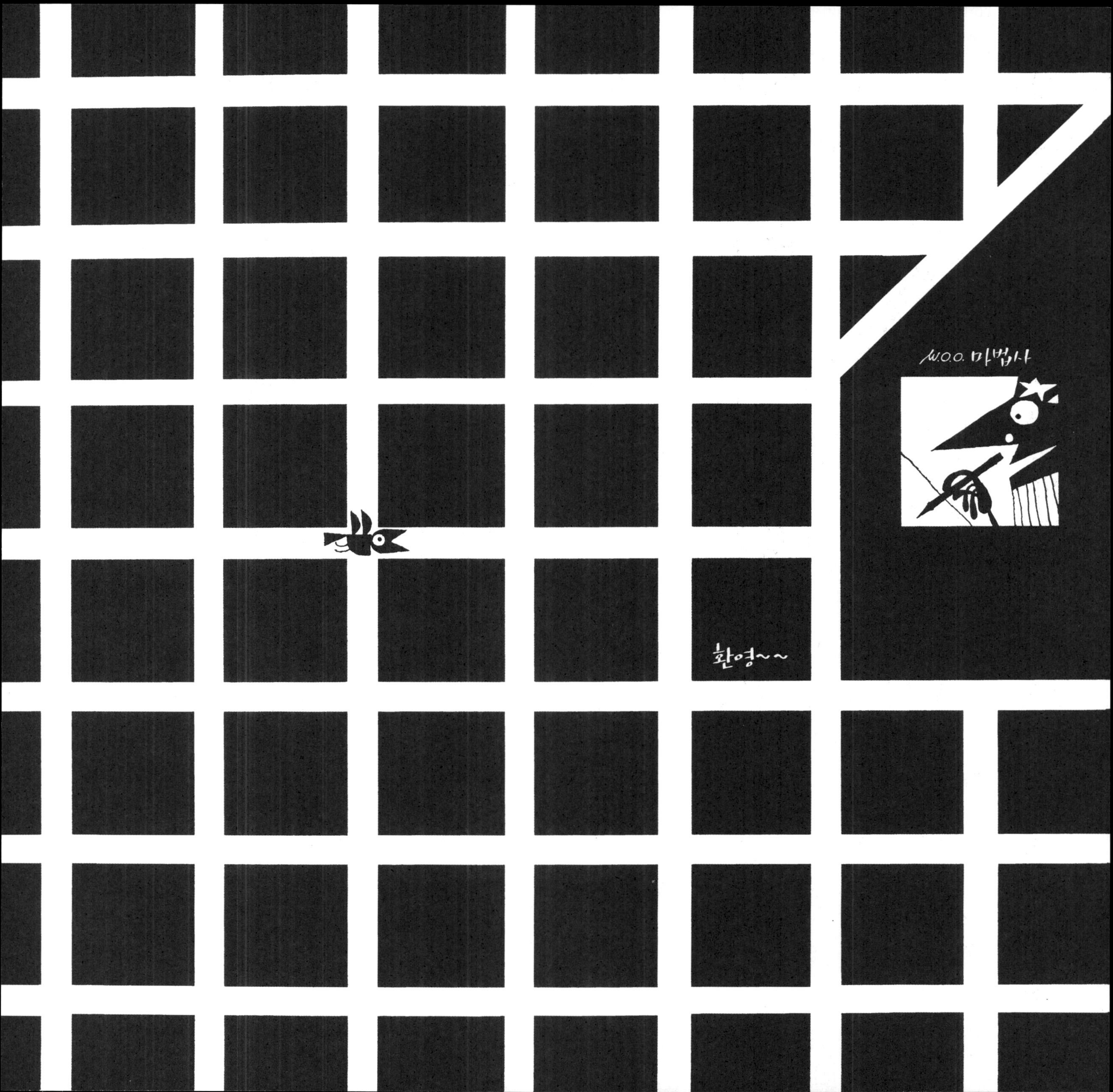

W.O.O. 마법사
환영~~

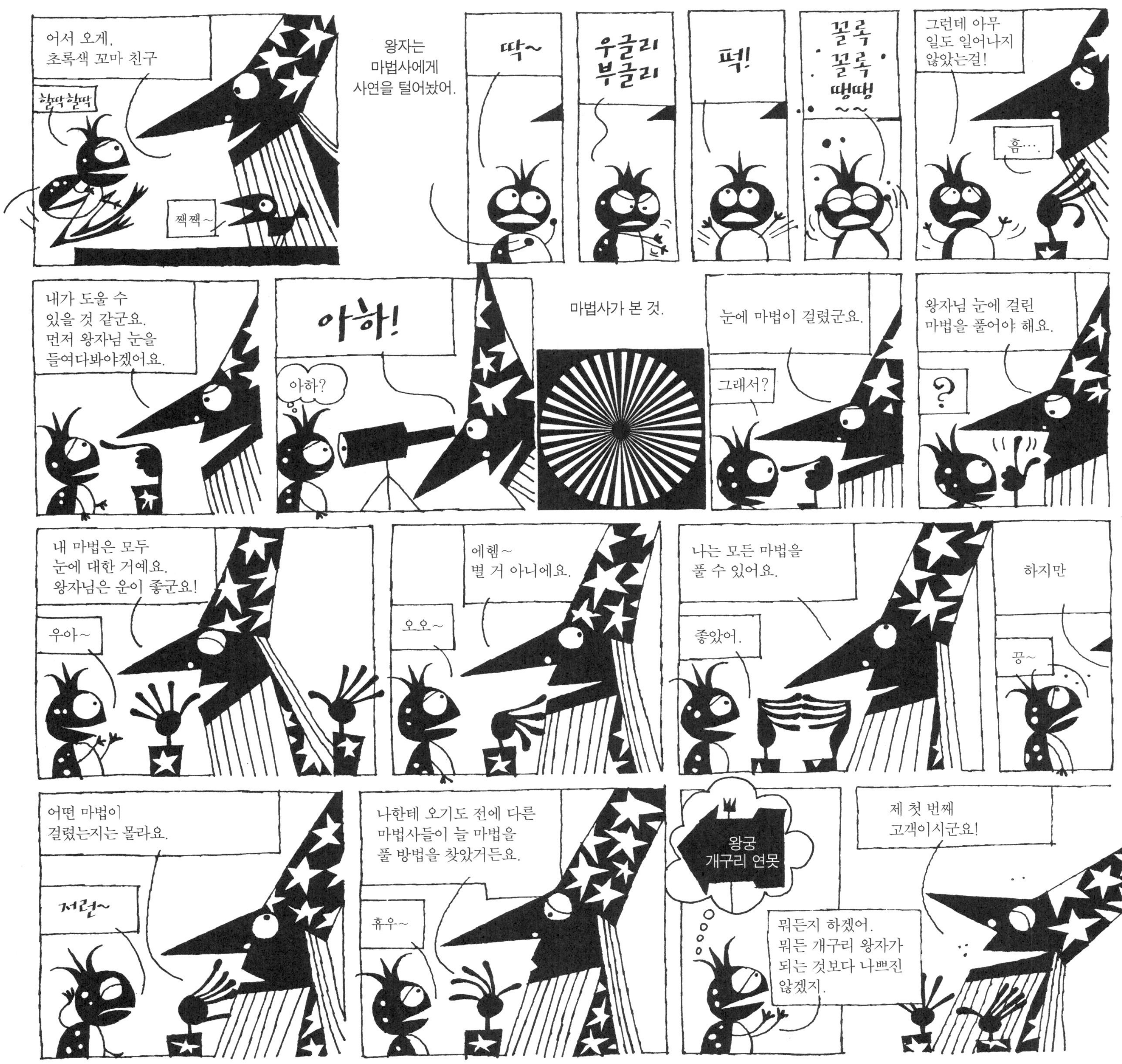
어서 오게,
초록색 꼬마 친구
할딱 할딱
짹 짹~
왕자는
마법사에게
사연을 털어놨어.
딱~
우글리
부글리
퍽!
꼴록
꼴록
땡땡
~~
그런데 아무
일도 일어나지
않았는걸!
흠….
내가 도울 수
있을 것 같군요.
먼저 왕자님 눈을
들여다봐야겠어요.
아하!
아하?
마법사가 본 것.
눈에 마법이 걸렸군요.
그래서?
왕자님 눈에 걸린
마법을 풀어야 해요.
?
내 마법은 모두
눈에 대한 거예요.
왕자님은 운이 좋군요!
우아~
에헴~
별 거 아니에요.
오오~
나는 모든 마법을
풀 수 있어요.
좋았어.
하지만
꿍~
어떤 마법이
걸렸는지는 몰라요.
저런~
나한테 오기도 전에 다른
마법사들이 늘 마법을
풀 방법을 찾았거든요.
휴우~
왕궁
개구리 연못
뭐든지 하겠어.
뭐든 개구리 왕자가
되는 것보다 나쁘진
않겠지.
제 첫 번째
고객이시군요!

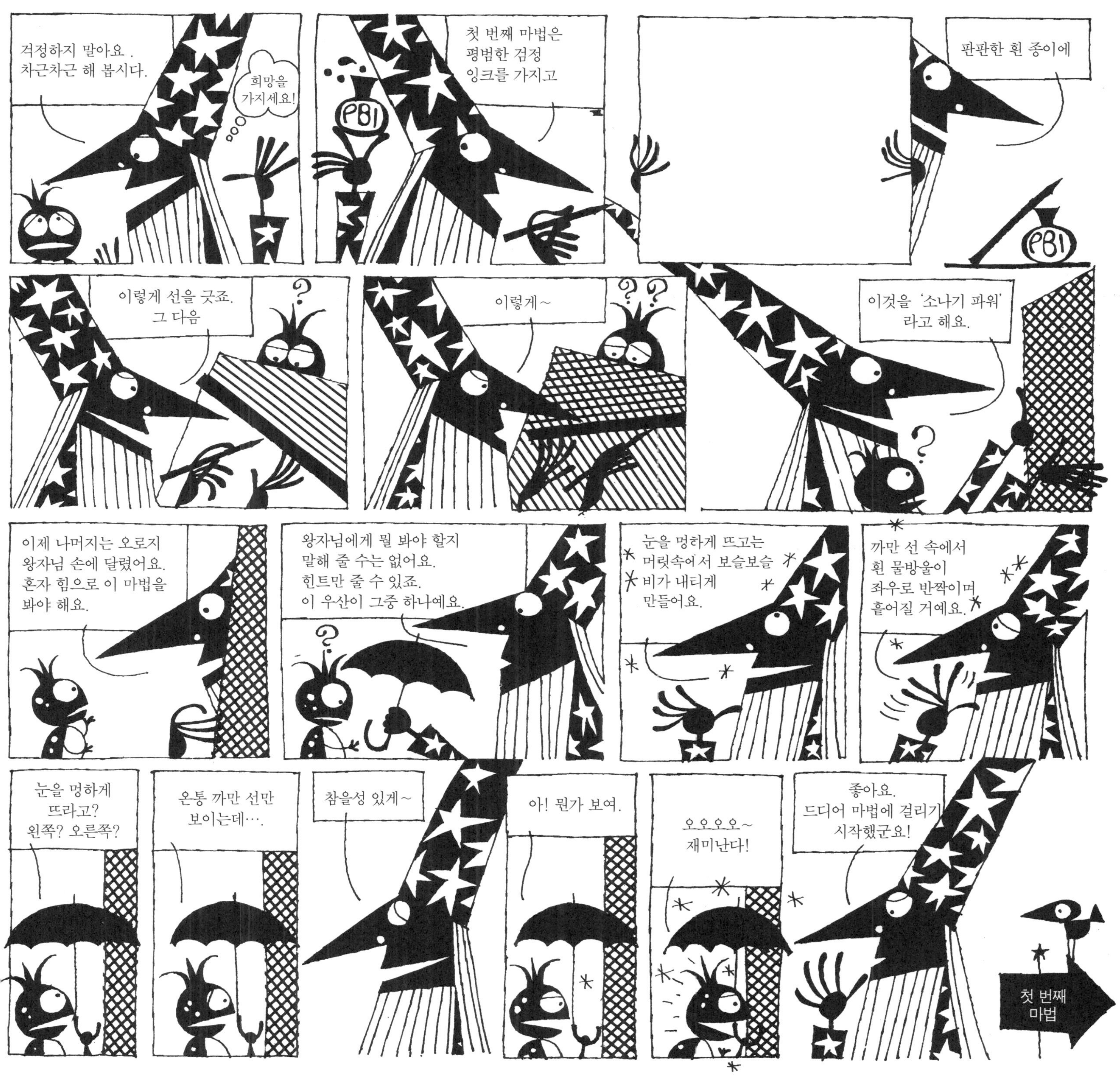

걱정하지 말아요.
차근차근 해 봅시다.
희망을 가지세요!
첫 번째 마법은 평범한 검정 잉크를 가지고
판판한 흰 종이에
PBI
이렇게 선을 긋죠. 그 다음
이렇게~
이것을 '소나기 파워' 라고 해요.
이제 나머지는 오로지 왕자님 손에 달렸어요. 혼자 힘으로 이 마법을 봐야 해요.
왕자님에게 뭘 봐야 할지 말해 줄 수는 없어요. 힌트만 줄 수 있죠. 이 우산이 그중 하나예요.
눈을 멍하게 뜨고는 머릿속에서 보슬보슬 비가 내리게 만들어요.
까만 선 속에서 흰 물방울이 좌우로 반짝이며 흩어질 거예요.
눈을 멍하게 뜨라고? 왼쪽? 오른쪽?
온통 까만 선만 보이는데….
참을성 있게~
아! 뭔가 보여.
오오오오~ 재미난다!
좋아요. 드디어 마법에 걸리기 시작했군요!
첫 번째 마법

펑~~!!
그래, 뭔가로 변했군!
기분이 어때요?
?
어쩐지 홍당무가
좋아지는데….
하지만 토끼
왕자가 되다니~
토끼 스튜가 국민
요리인 나라에선
별로 안 좋은 것 같아!
알겠어요. 자, 걱정하지 말아요.
종이는 많이 있어요.
'보글보글 냄비' 로 뭐가 되는지
지켜보자고요.
오, 싫어!
토끼 스튜가 되느니
차라리 토끼 왕자로
살 거야!
진짜로 보글보글 끓는
냄비에 넣는 게 아니에요.
이렇게 선을
몇 개 긋고….
또 이렇게….

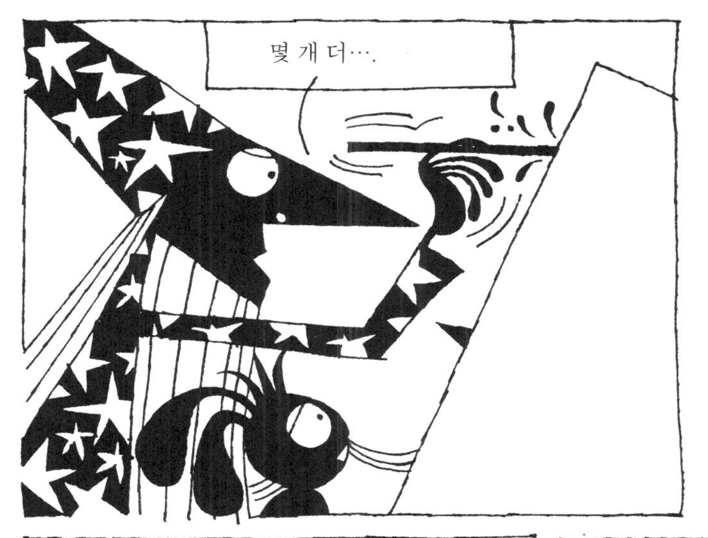

몇 개 더….

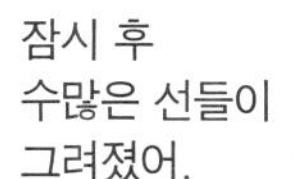

잠시 후
수많은 선들이
그려졌어.

아하!
됐다!
?

이제 힌트를
드립니다요.

여기엔 직선밖에 없지요.
왜 그럴까요?
동그라미 두 개가 겹친 거품이 터지면
문제가 풀릴 거예요.
음

엇갈린
직선밖에
안 보여.

너무 가까이
있군요.
한 발자국 뒤로.

조금만
더 뒤로.

이제 보인다!
아이고! 이제 보였다
안 보였다 해!

이거 재밌는걸.
오오!
느낌이 와!
두 번째
마법

펑!!!
이번엔 뭘까?
글쎄-
토끼보다는
나은 것 같은데…
뭐가
된 거야?
캥거루네요.
멋져. 용수철처럼
뛰어오를 수도 있고!
띵웅 띵웅 띵웅!
캥거루는
어디에 살아?
캥거루 - 는
EARTH
TH
이 아래,
아래
살아요.
저 아래라고?
흠….
더 해 볼 건
없나?
자, 이렇게
해 봅시다.

이건 보통 체스판이죠.
이걸 가위로 잘라서….
싹둑
싹둑
싹둑
이렇게 풀로 붙여요.
됐다! 이건 '울렁울렁 직사각형' 이에요.
힌트는 이거예요. 일어서서 가까이 가면 직선과 네모가 보일 거예요. 조금 뒤로 물러서서 보면 굽은 선과 소용돌이가 나타나요.
일어서서 가까이- 직선과 네모-
?
조금 뒤로 소용돌이-
그래! 이제 보여!
아이고~
느낌이 와!
세 번째 마법

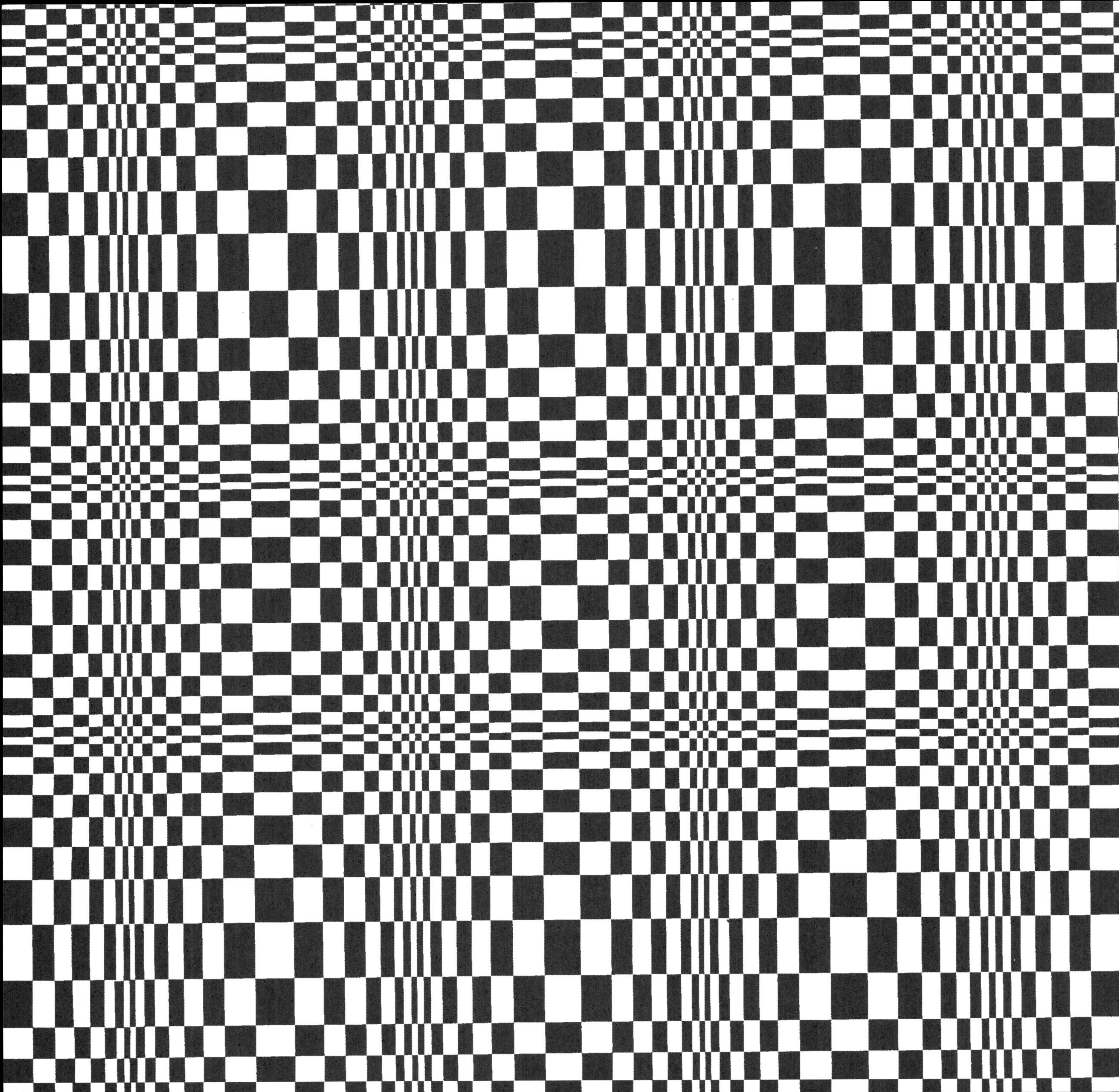

핍!
콜록 콜록!
아이고! 왕자님이 어디로 사라졌지?
음, 조금 나아졌네요.
나아져?
베짱이 왕자가 된 게?
난 원래 풀 알레르기가 있는데
자꾸 풀 생각만
나네…
이건 곤란해….
에에, 에취~!

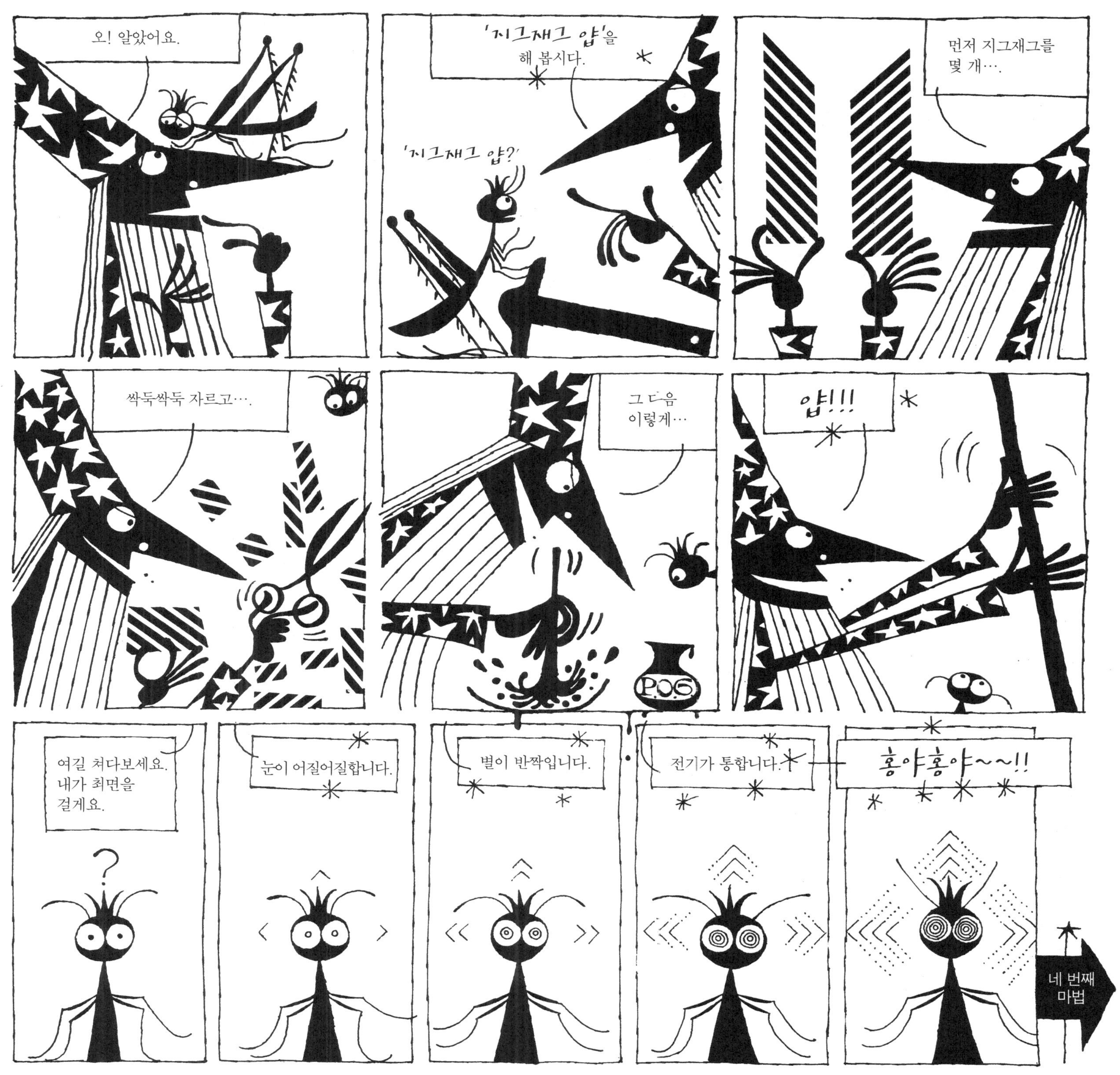

오! 알았어요.
'지그재그 얍'을 해 봅시다.
'지그재그 얍?'
먼저 지그재그를 몇 개….
싹둑싹둑 자르고….
그 다음 이렇게…
P.O.S
얍!!!
여길 쳐다보세요. 내가 최면을 걸게요.
눈이 어질어질합니다.
별이 반짝입니다.
전기가 통합니다.
홍야홍야~~!!
네 번째 마법

펑!!!!!
오! 맙소사!
엄청난
것으로 변했어!
오오!
이제 어떻게 하지?
꿀꿀꿀·!!!
이게 뭐야!

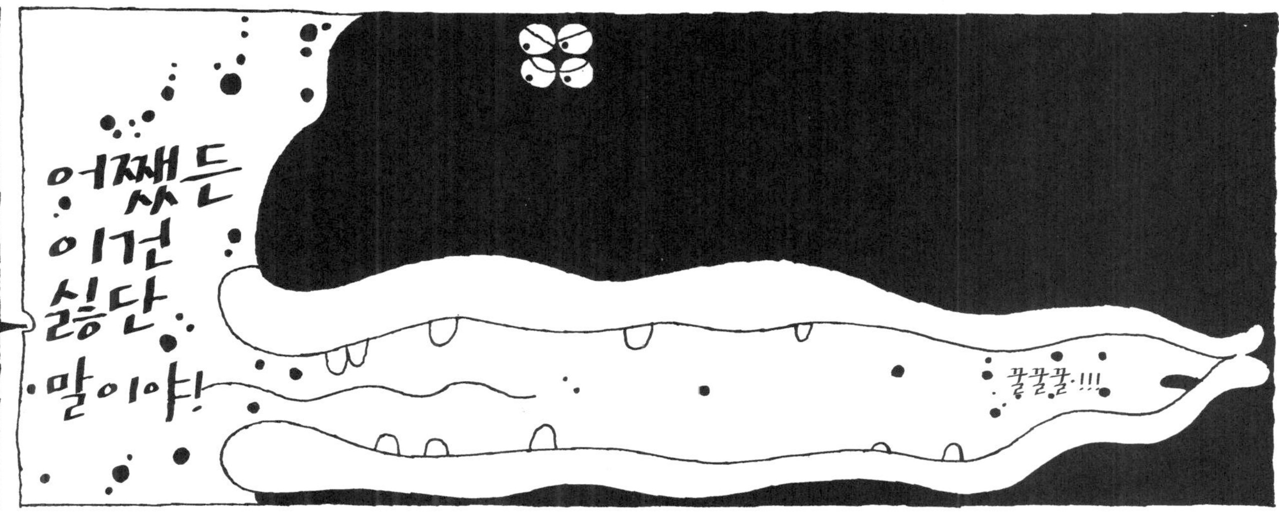

눈이 뱅글뱅글~
마법에 빠진다~
빠진다~
간질간질~
간질간질~

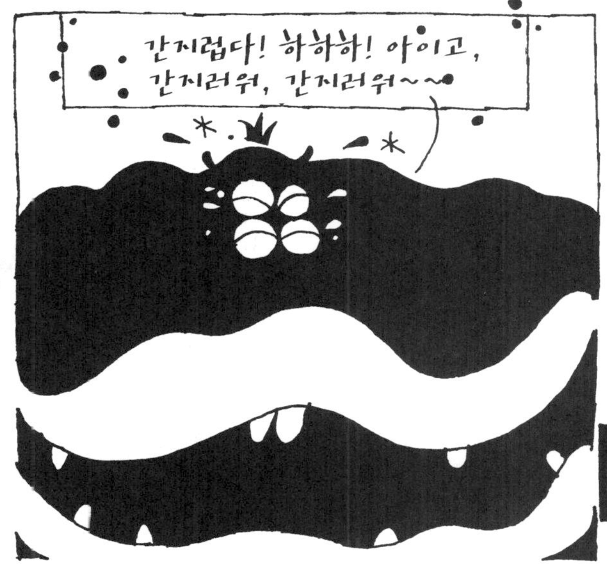

파바밥
피비빕!!
파바밥
피비빕!!
피비빕
피비빕!!
피~~~~~~~~어엉!
됐다!!!
나로 돌아왔어.
진짜 왕자!
오, 행복해!
왕자는 신이 나서 팔딱팔딱 뛰면서 집으로 갔어.
펄쩍
펄쩍
이야호~~!!!
폴짝
?
폴짝
그때부터 왕자는 계속 폴짝거리며 뛰어다녔어.
?
폴짝
!
폴짝
?
랄라랄라라~
부작용이 생긴 거야.
가르륵가륵
귀엽군.
?

마법사도 사라져 버렸어.

여기엔 없네.

마지막 마법의 부작용으로
마법사가 사라진 거라고 말하는 사람도 있었지.

아무 데도 없어!

오!

아!

마법사가 어떻게 됐을까 이런저런 얘기들이 있었지만

저 너머에 있어.

저 아래야.

하늘에 있을 거야.

아무도 확실히 알지 못했어.

그는 힌트를 하나 남겨 두었는데….

힌트

첫 번째는 A부터 다섯 번째,
다음은 열두 번째,
그리고 뒤로 세 번째,
(P는 지나친다)
첫 번째 다음이 네 번째면서 마지막.

나를 찾고 싶으면 시험을 해 봐요.
내 눈을 뚫어지게 들여다보면 내 눈 속에서
다른 것들보다 좀 더 큰 나를 찾을 수 있을 거예요.

* 마법의 알파벳 사용법- 첫 글자는 A부터 다섯 번째, 다음 글자는 F부터 열두 번째. 기타 등등.

* **마법을 맛보는 법** ― 가까이 와서 내 눈 속을 들여다봐요. 책을 들고 작은 원 둘레로 움직여요.